世界经典童话小说书系

稻草牵引的宫殿

著者 / 佚名　编译 / 于国富 等

吉林出版集团股份有限公司 | 全国百佳图书出版单位

图书在版编目（CIP）数据

稻草牵引的宫殿／（匈牙利）佚名著；于国富等编译.--
长春：吉林出版集团股份有限公司，2016.12
（世界经典童话小说书系）
ISBN 978-7-5581-2099-2

Ⅰ.①稻… Ⅱ.①佚… ②于… Ⅲ.①儿童故事－作
品集－世界 Ⅳ.①I18

中国版本图书馆CIP数据核字（2017）第065131号

稻草牵引的宫殿

DAOCAO QIANYIN DE GONGDIAN

著　　者　佚　名
编　　译　于国富 等
责任编辑　赵黎黎
封面设计　张　娜
开　　本　16
字　　数　50千字
印　　张　8
定　　价　18.00元
版　　次　2017年8月　第1版
印　　次　2020年10月　第4次印刷
印　　刷　三河市嵩川印刷有限公司
出　　版　吉林出版集团股份有限公司
发　　行　吉林出版集团股份有限公司
地　　址　长春市绿园区泰来街1825号
电　　话　总编办：0431-88029858
　　　　　发行部：0431-88029836
邮　　编　130011
书　　号　ISBN 978-7-5581-2099-2

前言

QIANYAN

　　儿童自然单纯，本性无邪，爱默生说："儿童是永恒的弥赛亚，他降临到堕落的人间，就是为了引导人们返回天堂。"人们总是期待着保留这份童真，这份无邪本性。

　　每一个儿童都充满着求知的欲望，对于各种新奇的事物，都有着一种强烈的好奇心，这样在成长的过程中就不可避免地被好的或坏的事物所影响。教育的问题总是让每个父母伤透了脑筋，生怕孩子们早早地磨灭了童真，泯灭了感知美好事物的天性。童话很好地解决了这个问题，让儿童始终心存美好。

　　徜徉在童话的森林，沿着崎岖的小径一路向前，便会发现王子、公主、小裁缝、呆小子、灰姑娘就在我们身边，怪物、隐身帽、魔法鞋、沙精随时会让我们大吃一惊。展开想象的翅膀，心游万仞，永无岛上定然满是欢乐与自由，小家伙们随心所欲地演绎着自己的传奇。或有稚童捧着双颊，遥望星空，神游天外，幻想着未知的世界，编织着美丽的梦想。那双渴望的眸子，眨呀眨的，明亮异常，即使群星都暗淡了，它也仍会闪烁不停。

童心总是相通的，一篇童话，便会开启一扇心灵之窗，透过这扇窗，让稚童得以窥探森林深处的秘密。每一篇童话都会有意无意地激发稚童的想象力和感知力，让他们在那里深刻地体验潜藏其中的幸福感、喜悦感和安全感，并且让这种体验长久地驻留在孩子的内心，滋养孩子的心灵。愿这套《世界经典童话小说书系》对儿童健康成长能起到一点儿助益，这样也算是不违出版此书的初心了。

编者

2017 年 3 月 21 日

目录
MULU

稻草牵引的宫殿

　　从前有一个国王，他有三个王子和三个公主。国王非常疼爱公主们，一出生就为她们安排了寝宫，从不让她们出去，就连三个王子也没见过她们。

　　一天，三个王子想和公主们一起玩耍，便想去请求父王允许。

　　但是，他们知道父王很严厉，因此谁也不敢去见他。最后，三个王子只好用抽签的办法，决定由谁去请求父王。

　　老大不幸抽中了。

　　"最圣明的父王，我们从来没见过公主，请允许我们和

1

三个公主一起去花园里玩一会儿。"大王子战战兢兢地请求道。

国王没有回答，而是拔剑向他刺去。大王子吓得捂着胸口逃走了。

"父王怎么说？"两个弟弟问大王子。

"你们去见父王，就知道他说什么了。"大王子不好意思说出实情。

于是，二王子去见国王。

"最圣明的父王，我们从来没见过公主，请允许我们和三个公主一起去花园里玩一会儿。"国王还是没有回答，拔剑向二王子刺去。二王子吓得抱着脑袋逃走了。

该小王子去见国王了。

"最圣明的父王，我们从未见过公主，请允许我们和三个公主一起去花园里玩一会儿。"小王子说了同样的话。

国王仍不答话，拔剑刺向小王子。但是小王子没有跑，而是跳到一旁，剑刺到了门上。小王子上前拔出剑，恭恭敬敬地交还给父王。

"孩子，你将来会有出息的。我答应你的请求，不过你们要保护好三个公主，要是出了意外，我饶不了你们。"国王对小王子说。

三个王子终于见到了三个公主。他们高兴极了，兴高采烈地在花园里跑来跑去。

不知玩了多久，他们忽然发现大公主不见了。三个王子找遍了整个花园，急得团团转，可还是没有找到。更糟糕的是，在他们寻找大公主的时候，另外两个公主也莫名其妙地失踪了。

三个王子吓坏了，知道父王肯定不会饶过他们。

知道了公主失踪的消息，国王气得暴跳如雷。

"你们这些没用的东西，在王宫的花园里怎么会把人弄丢了呢？都给我滚出去，找不到公主就别回来见我。"国王勃然大怒。

王后也非常着急，三个公主不见了，如今三个王子也被国王赶了出去。想到将要失去儿子们，王后心里难受极了。

王后含着眼泪为三个王子准备路上吃的干粮，还特意给了小王子一枚戒指。

"孩子，今后要是遇到什么难事，就把戒指上的钻石转向手掌，它会帮助你的。"王后对小王子叮嘱道。

三个王子骑上马，离开王宫。他们走啊走，来到了一个三岔路口。

"我们就此分手吧。不管走多远，都要找到公主们，把

她们带回家。"王子们相互约定。

小王子向左走，走了很久，来到另一个王国的王宫前。

他想进王宫看看，可是一路颠簸、风餐露宿，衣服上弄得脏兮兮的，没法去见国王。但是，他又不想放过任何一个能找到公主的机会，只好扮成园丁混了进去。

在去园丁住处的小路上，小王子遇到了一个老人。

"孩子，你回来了，真是谢天谢地。"老人吃了一惊。

原来，这里的老园丁有一个儿子，长得非常像小王子，很多年前离家出走，至今下落不明。此刻，老人误把他当成了老园丁的儿子。

听了老人的话，小王子感到奇怪，一问才知道事情的原委。

借这个机会，小王子向老人说了实情，求老人帮忙。

"那你就暂时冒充老园丁的儿子，见到你，他一定会很高兴的。"老人非常同情小王子的遭遇，便给他出了个主意。

小王子表示同意。

"爸爸，我回来了！"小王子一进老园丁的房子，就大声说道。

"孩子啊，这些年你到哪儿去了，让我找的好苦啊。"老园丁激动地说。

"我想去见见世面，学些东西。我们的公主最喜欢美丽的鲜花，所以我要出去长长见识，种出最好的花来。"小王子说道。

失散多年的儿子终于回家，老园丁高兴极了，做了最好的饭菜给小王子吃。

一天早晨，老园丁吩咐小王子去花园里采花，并嘱咐要挑最好看的采，因为他要带给王宫里的三个公主。

小王子来到花园，把戒指上的钻石转向手掌，面前立刻出现了一个小人儿。

"亲爱的主人，有何吩咐？"小人儿问道。

"我要三束好看的花。"小王子说。

听到主人的吩咐，小人儿瞬间就拿来了几束宫里从未见过的花。

老园丁把花放到公主面前。看到这么美丽的花，公主们高兴极了。

"从什么地方采来的，在王宫里我从未见过。"国王好奇地问。

"这些花不是我种的，是我离家出走的儿子种的，也只有他才能种出这么美丽的花。"老园丁回答说。

一天，小王子来到花园，把戒指上的钻石转向手掌，面前又出现了那个小人儿。

"亲爱的主人，有何吩咐?"小人儿问道。

"我要三束鲜花，比上次的还要美。"小王子回答说。

转眼间，小人儿就拿着鲜花回来了。小王子把鲜花交给了老园丁。

老园丁把花送到宫里，公主们一看见鲜花，高兴得差点儿扑到老园丁身上。

国王和王后看见鲜花，也赞不绝口。

"这么美的花，只我们几个观赏是不够的，应该把大臣们叫来一起欣赏。"国王说道。

"这些花儿太美了，值半个王国。"大臣们议论纷纷。

国王高兴地设宴招待老园丁。老园丁喝得酩酊大醉，好不容易才回到家。

小王子把戒指上的钻石转向手掌，面前又出现了那个小人儿。

"亲爱的主人，有何吩咐?"小人儿问道。

"我要三束世界上最美丽的花!"王子吩咐说。

很快，小人儿就拿来了三束世界上最美丽的花。

小王子把花交给老园丁。

"孩子，这么美丽的花真是百年不遇，太美了!"老园丁简直不敢相信自己的眼睛。

国王招来大臣们一起欣赏。大臣们一个个看得眼睛都直了，说这些花价值连城。

于是，国王又一次宴请老园丁。这回，国王下令要他把儿子也带进王宫。

"孩子，你为什么不愿意去王宫呢？国王下令要见你了，这回你是躲不过去了。"老园丁晃晃悠悠地回到家对儿子说。

"好吧，我同意去见国王，但有个条件，他得把公主嫁给我。"小王子说。

"那怎么行啊，要知道，公主是国王的女儿，国王是不会答应的，除非你是个王子。"老园丁说。

"尊贵不在于他生来就是王子，而在于他有过人的本领。"小王子自信地说。

老园丁回到王宫，讲了儿子想娶公主的事，招来了大臣们一阵嘲笑。

国王更是气得暴跳如雷，认为这个老头儿是疯了。

"老东西，亏你想得出，公主怎么会嫁给一个园丁呢？"国王气愤地对老园丁说。

　　"我知道，国王是不会把自己的女儿嫁给一个园丁的，但我儿子说，尊贵不在于他生来就是王子，而在于他能培育出美丽的鲜花。"老园丁讲了儿子的理由。

　　"你儿子真是痴心妄想，不知天高地厚。告诉他，有本事就自己来提亲。"国王生气地说。

　　老园丁把国王的意思转告给儿子。

　　小王子让小人儿变出一匹威武雄壮的马和漂亮的新衣

服。

远远看见盛装骑着高头大马的小王子，国王心里也犯了嘀咕，他怎么会是园丁的儿子呢？

小王子来到国王面前，恭敬地向国王行礼。

"父王，我要嫁给他，一定要嫁给他，多么可爱的园丁呀！"一个公主见到英俊的小王子立刻喊起来。

国王没有责怪公主的不矜持，请小王子坐下来一起吃饭，然后就让他回家了。

第二天，小王子走进花园，转动手上的戒指，小人儿又出现了。

"给我备一匹更好的马，一件更漂亮的衣服。"小王子吩咐道。

小王子的愿望又一次实现了。他换上了漂亮的衣服，骑上更好的马，向王宫走去。

"圣明的国王，我昨天来过，现在又来了，我什么时候才能娶您女儿呢？"小王子问道。

"孩子，你给我出了一个难题。我毕竟是个国王，如果招你当女婿，大家会笑话我的。你确实出类拔萃，我允许一个公主和你成亲，但你们要找一个陌生的地方生活，而且离我不能太远。"国王回答说。

一听国王答应了自己的请求，小王子高兴坏了，马上带着一个公主走了。

将公主带到了一个荒无人烟的地方，小王子又将戒指上的钻石转向手掌，小人儿立刻出现了。

"亲爱的主人，有何吩咐?"小人儿问道。

"建造一座和王宫一样的宫殿，不能建在地上，要建在空中，建在一根稻草上。"小王子吩咐道。

宫殿很快建好了，建在空中，建在一根细细的稻草上。

新建的宫殿高高悬挂在天空，挡得王宫没有一丝光亮，国王以为是黑暗降临了。

"是不是哪个强盗偷走了黎明，否则天为什么总是亮不起来?"王后埋怨国王，好像黑暗是他的过错。

国王走出宫殿凝望远方，怎么也想不明白太阳到底去哪里了。

突然，他看见了一座高悬在王宫上空，建在一根稻草上的宫殿。

"快出去看看，真是太奇怪了，天上竟然有座宫殿！"国王拉着王后往外走。

"我的天哪，要是稻草一断，宫殿不就掉下来了，我们也会被砸成肉泥！"王后也十分惊诧。

国王和王后慢慢地往前走，不知不觉进了一座美丽的森林。森林一直通往挂在稻草上的宫殿。

森林里长着葡萄和苹果。鸟儿在枝头叽叽喳喳地唱着歌儿。

"我们上去看看宫殿里有什么。"国王拉着王后说道。国王和王后穿过森林往上走，来到建在稻草上的宫殿。他们发现小王子和公主住在里面。

"宫殿是谁建造的？"国王惊讶地问小王子。

"您说过，如果别人知道您的女婿是园丁的儿子，您会很没面子的。为了不使您为难，我就建造了这座宫殿。"小王子回答说。国王惊呆了，没想到园丁的儿子有如此神奇的力量。

国王为小王子和公主举行了婚礼，新婚夫妇住在新的宫殿里。

婚后，小王子每天出去打猎，借机寻找失踪的姐妹。公主很生气，感到非常寂寞。

后来，小王子出去打猎的时候，公主约了一个年轻的公爵。

公爵要公主探听她丈夫用了什么法术，在一夜之间建造起一座宫殿。

小王子带着两只野兔子和野鸡回来。

"我亲爱的丈夫，你用什么办法采到了那么美的鲜花，建造了那么神奇的宫殿？我想普通人是无论如何也办不到的。"吃饭时，公主问小王子。

小王子笑而不答。

"我是公主，嫁给你一个园丁，问一下这种小事，你也要拒绝吗?"公主生气了。

小王子经不住公主的软磨硬泡，便告诉了她实情。

"我有一枚神奇的戒指，如果把钻石的一面转向手掌，我的仆人就会马上出现，满足我的任何愿望。"小三子说道。

公主的两只眼睛闪起了光，好奇地看着小王子手上的戒指。

"你转一下，让我看看。"公主急切地说道。

小王子把戒指上钻石的一面转向手掌，他们面前立刻出现了一个小人儿。

"亲爱的主人，有何吩咐?"小人儿问道。

"没什么要求，只是我的妻子想看看你，现在你可以回去了。"小王子话音刚落，小人儿就消失了。

"亲爱的，这枚戒指可要保管好，要像爱护眼珠一样爱

护它。你最好把戒指摘下来，放在床边的柜子上。"公主假惺惺地说。

小王子听从了公主的劝告，摘下戒指，放在床边的柜子上，上床睡觉。

这时，公爵正躲在床底下的一个木桶里。小王子睡熟后，他爬出木桶，一把抓住戒指套在手指上，将钻石的一面朝向手掌。小人儿立刻出现了。

"主人，有什么吩咐?"小人儿问道。

"我命令你把这座宫殿，从这里搬到四十九个王国以外的岩石山上去，把睡在这里的家伙放到山上的草地上，让他睡个够。"公爵命令道。

小人儿按照公爵的命令做了。

第二天早晨，国王起来，发现太阳已经照进了窗子。

"自从我的女婿在稻草上建起了宫殿，王国里就没进来过阳光，到底发生了什么事儿?"国王感到不可思议。

国王走出大门，发现建在稻草上的宫殿不见了。

国王叫来侍卫，查找稻草上宫殿的下落。

突然，国王看见山上睡着一个人。

"快去把那个人叫来，也许他知道宫殿的下落。"国王喊道。

侍卫跑上山，叫醒了小王子。

小王子醒来，发现戒指不见了，立刻猜到是妻子骗了自己。

"最圣明的父王，您的女儿偷走了我的戒指，她欺骗了我。"小王子对国王说。

"孩子，别难过，我还有两个女儿，随你选，我一定把她嫁给你。"国王安慰小王子道。

"父王，我谁也不要，我只想找回我的戒指。"小王子态度十分坚决。

国王给了他一些钱，小王子骑马出发了。

小王子走进一片阴暗的树林，看见前面有一间房子，隐约透出来一丝灯光。小王子决定去那里借住一宿。

　　开门的是一位老婆婆。老婆婆看小王子面善，便让他进去了。

　　老婆婆是风的妈妈。

　　"孩子，我这里很危险，你最好藏在木盆下面去。否则，七头龙一回来，准会把你撕成碎片。"老婆婆对小王子说。

　　小王子在木盆下面躲了起来，老婆婆走出屋子。这时，有人走了进来，小王子一看，来人竟然是当初从花园里失踪的小公主。

　　"哥哥，你怎么来了，这里很危险，我就是被七头龙抢到这里来的。他马上就要回来，那时你就遭殃了。"小公主担心地说。

　　"我该怎么办呢?"小王子问道。

　　"七头龙的力量就藏在这个盛着黄水的瓶子里。你只要喝了它，就肯定能战胜他。"小公主说出了七头龙的秘密。

　　小王子一仰脖喝光了瓶子里的水。

"你是来找你妹妹的吗?"七头龙一进屋就大声问道。

"我要带她走,马上放了她!"小王子说。

"她现在是我的妻子。想带走她,可以,但你要战胜我。你用什么武器,刀还是铁棍?"七头龙大声喊道。

"用刀。"小王子回答说。

七头龙找遍了整个屋子也没找到装着自己力量的瓶子,只好硬着头皮跟小王子来到屋外。现在七头龙的力气比刚出壳小鸡的力量还要小。小王子连挥七刀,砍掉了他的七个头。

"我要走了,还有重要的事要办。"小王子对小公主说。

"你去哪儿?"小公主问哥哥。

"我自己也不知道去哪儿。我在寻找建在稻草上的宫殿,你听说过吗?"小王子问道。

小公主请来了见多识广的风妈妈。

"我没听过这种怪事,但我的孩子们是各种各样的风,他们走遍了天下,也许能知道这座宫殿的下落。可是现在正是秋收季节，人们要用风把粮食吹干，所以他们重任在肩，不能马上回来。"风妈妈有些得意地说。

"还是叫他们回来吧，否则我会急死的。"小王子请求道。

听到风妈妈的召唤，风们从四面八方旋转而来。

"妈妈，为什么打扰我们干活儿，大家都在骂我们。"风们回来后不解地问。

"孩子们，让你们回来，也是有一件事需要你们帮助。你们听说过一座在稻草上的宫殿吗？"风妈妈问道。

"我们飞遍了天下，到过每个角落，从没听过在稻草上的宫殿。"风们说。

无奈，小王子只好向小公主和风妈妈告别，继续寻找宫殿。"你在这里等我，我一定会来接你的。"小王子说道。

小王子走了很久，走过了四十九个王国，来到牛王国。他遇到了一头巨大的牛——牛国王。

"骑马的人，你去哪儿啊？"牛国王问小王子。

"我在寻找一座建在稻草上的宫殿。您听说过吗?"小王子问道。

"没听说过,我帮你问问别的牛吧。"牛国王说,然后吹起牛角,很多牛立刻从四面八方跑来。它们个个硕大无比,脚如熊掌,跑起路来掀起一片灰尘。

"你们有没有听说过,或者亲眼看见过一座建在稻草上的宫殿?"牛国王问道。

可是问遍了所有的牛,谁也没听说过,更没见过。

　　小王子又出发了。他来到鼠王国，遇见一只如黄牛一样大的老鼠。

　　"你们的国王在哪儿?"小王子问道。

　　老鼠找来了鼠国王。

　　"鼠国王陛下，您是否听说过一座建在稻草上的宫殿?"小王子问道。

　　"我马上召集我的臣民，天下遍地有老鼠，他们不会不知道的。"鼠国王回答说。

　　鼠国王吹响号角，老鼠们从四面八方跑来。鼠国王点名后，发现少了一只老鼠。

　　"你们听说过一座建在稻草上的宫殿吗?"鼠国王问道。

　　老鼠们正在议论纷纷，一只活泼可爱的小老鼠跑来了。

　　"你这个讨厌鬼，钻到哪里去了? 我吹响号角时你在什么地方?"鼠国王训斥道。

　　"大王，我在第七十七个王国的宫殿里。宫殿门本来是开着的，可听到集合号角时，门不知被谁关上了。打洞花了很长时间，因为宫殿是用金子建造的。"小老鼠解释道。

"什么样的宫殿?"鼠国王问小老鼠。

"听说这是一座神奇的宫殿，从前建在一根稻草上。"小老鼠回答说。

"这正是小王子要找的宫殿，那你就给他带个路吧!"鼠国王命令道。

"太好了，等找到了宫殿，我要为你们建一座够你们吃一辈子的大粮仓。"小王子对鼠国王许愿说。

小王子走得比风还快，天还没黑，就来到了宫殿前。此时，公爵和公主正在宫殿里调笑，根本没想到小王子会找到他们。

"让我进去，把戒指偷出来。"小老鼠自告奋勇。

小王子同意了。

趁着夜深人静，小老鼠偷偷钻进公主和公爵的卧室，一把抓过戒指，逃走了。

小老鼠将戒指交给小王子。

小王子把戒指上的钻石转向手掌，小人儿立刻出现了。

"亲爱的主人，有何吩咐？"小人儿问道。

"去把睡在我床上的无赖抓起来，挂到悬崖上，让他在那里睡个够。再把那个女人给我带来。"小王子命令道。

小人儿立刻照办了。

在返回的路上，小王子在树林中看见了一幢房子，暗想，也该找个地方歇一会儿了。他走上前敲门，出来一个老婆婆。

"孩子，有事吗？你是怎么来的，这里连鸟儿都飞不进来。我的儿子九头龙马上要回来了，他会把你撕得粉碎，快钻到床下的木桶里去。"老婆婆嘱咐道。

小王子刚钻进木桶，就看见失踪的二公主走进屋子。

"哥哥，没时间问别的了。九头龙马上就要回来了，他会把你撕成碎片。你看，这是一瓶黑水，九头龙的力量都藏在里面。只要喝下这瓶水，你肯定能战胜他。"二公主说出了九头龙的秘密。

小王子一仰脖喝光了瓶子里的黑水。

九头龙来了，他们来到林中空地较量。九头龙此时的力气还不如两个星期小鸡的力量。瞬间被小王子砍掉了九个头。

"我终于找到你了，我们一起回家吧。"小王子对二公主说。

紧接着他们又在一间屋子里找到了失踪的大公主。

"弟弟，快把瓶子里的红水喝了，十二头龙的力量就藏在里面。"大公主慌慌张张地说。

小王子刚喝完红水，十二头龙就进来了。

他们来到一片林间空地。可是十二头龙此时的力气已经不如一只乌鸦。小王子连挥十二刀，砍掉了它的十二个头。

第二天早晨，小王子领着妻子和两个公主又出发了。

他们回到鼠王国。小王子将戒指上的钻石转向手掌，小人儿立刻出现了。

"亲爱的主人，有何吩咐?"小人儿问道。

"马上建一座装满麦子和玉米的粮仓。"小王子命令道。

老鼠们举国欢庆，从此他们再不用去别的王国偷吃粮食了。

"小老鼠，多亏你帮助小王子找到了宫殿，我任命你为粮仓的大总管。"鼠国王对小老鼠说。

小王子带着妻子和两个公主继续赶路，来到风妈妈家，接上小公主。

小王子带着妻子和三个公主来到岳父的王宫，将戒指上的钻石转向手掌，小人儿立刻出现了。

"亲爱的主人，有何吩咐？"小人儿问道。

"天黑前在王宫的上空再建造一座宫殿，还要建在稻草上。"小王子命令道。

早晨，国王醒来，可是为什么外面还是漆黑一片呢？他走到院子里，立刻看见了空中的宫殿。

"快起来，我的王后，我们的女婿回来了！"国王高兴地喊道。

国王和王后穿过森林，走进建在稻草上的宫殿。

"我亲爱的孩子们，你们从哪里来？"国王问道。

"我当然可以告诉您，不过最好还是问您的女儿。"小王子回答说。

知道了事情的经过，国王发愁了。

"你想怎么惩罚我的女儿？"国王问小王子。

"最圣明的父王，我不是那种无情无义的人。她过去是我的妻子，今后仍然是我的妻子。我的要求是，把另外两个公主嫁给我两个哥哥。"小王子提出了原谅妻子的条件。

国王同意了小王子的要求。

第二天，小王子带着三个公主、妻子和两个哥哥的未婚妻，赶往自己的王国。

他们来到岔路口，小王子将戒指上的钻石转向手掌，小人儿立刻出现了。

"亲爱的主人，有何吩咐？"小人儿问道。

"去把在这里与我分手的两个哥哥找回来。"小王子命令道。

两个哥哥立刻出现了。兄弟见面，紧紧拥抱在一起。

"你们看，我找到了三个公主，还给你们带来了未婚妻。"小王子高兴地说道。

两个哥哥看到美丽的未婚妻，高兴极了。

他们终于回到了自己的王国。

国王看到一家人终于团聚，高兴得合不拢嘴。他招来满朝的大臣，为王子们举行了盛大的结婚典礼。

庆典过后，小王子带着妻子回到了建在稻草上的宫殿。他们相亲相爱，一直到老。

三个苹果的故事

一天，哈里发忽然想了解老百姓的生活，于是和大臣张尔蕃到城中私访。他们在街上遇到一个老渔翁，正唉声叹气地走着。哈里发上前询问老渔翁，为何事发愁。

"我一尾鱼都打不到，养活不了一家人，不想再活了！"老渔翁伤心地回答。

"你为我们打一网鱼吧，不论打多少，我都给你一百个金币！"哈里发说道。

老渔翁高兴地答应了。

老渔翁随哈里发等人来到河边，撒下网，却打上来一只沉重的箱子。哈里发给了渔翁一百金币后，派人将箱子带回宫中打开，却发现里面是一具女尸。

"竟敢在我执政时行凶杀人！张尔蕃，我命令你三天之内查出凶手，否则，你和你的族人都将被执行绞刑。"哈里发大发雷霆。

三天过去了，张尔蕃没有查到一点儿杀人凶手的线索。哈里发把张尔蕃和他的族人绑在宫门口，准备执行绞刑。

城里的百姓从四面八方赶来看热闹。

"那个女人是我杀的，绞死我吧！"即将行刑时，一个青年奔到张尔蕃面前。

"我才是真正的杀人犯，我愿意抵罪！"一个白发苍苍的老人挤过来，大声地说道。

张尔蕃把青年和老人带到了哈里发面前，讲述了刑场上发生的事情。哈里发决定将老人和青年一起绞死。

"陛下，我发誓，我才是真正的凶手！那个女人是我的妻子，也是这位老人的女儿。"青年上前一步，说道。

青年详细描述了他处置尸体的经过，这跟哈里发掌握的情况完全吻合。

"为什么老人要给杀了他女儿的凶手当替罪羊呢？"哈里发相信了青年的话，却觉得非常奇怪。

青年叹了口气，陷入了深深的回忆。

这都是三个苹果惹的祸啊！我和妻子非常恩爱，有三个儿子。一个月前，妻子病了，康复后去洗澡，却说进澡堂前很想吃一个苹果。

我四处买苹果，最后跋涉了五个昼夜来到巴士拉，用三个金币买了三个苹果。我回到家中把苹果递给了妻子，可她却把苹果放到了床边，没吃一口，也没多看一眼。

一天，我在街上发现一个陌生的奴仆，他手里拿着的苹果很像我买回来的，我就忍不住向奴仆问起了苹果的来源。

"这是情人给我的！前些天她生病了，她丈夫特意去巴士拉花三个金币给她买了三个苹果。"奴仆得意地笑着说道。

听了奴仆的话，我急忙赶回家，发现家里只剩下两个苹果。妻子说不出另一个苹果的去向，这使我认定妻子做了那个奴仆的情人。

我一气之下杀了妻子，并把尸体扔到了河里，回到家时，看见大儿子正在门口伤心地哭泣。

"爸爸，早上我偷拿了一个苹果后带着弟弟去街上玩，一个高大的奴仆抢走了我的苹果。我向奴仆讲述了苹果的来历，请他还给我。可那个家伙不但不还，还动手打了我。"

大儿子抱着我的大腿恳求我的原谅。

听了大儿子的话，我恍然大悟，知道自己冤枉了妻子。

"岳父听我讲了事情的经过后，原谅了我，可我却不能原谅自己！"青年流着泪，请求哈里发处罚他。

哈里发气得直拍桌子，吩咐张尔蕃派人去抓那个奴仆，限期三天，否则拿他抵命。三天过去了，张尔蕃没抓到奴仆，只好流着泪和家人告别，准备到哈里发那儿去请罪。张尔蕃把最宠爱的小女儿抱在怀里，却在她的衣袋中发现了一个苹果。

小女儿告诉张尔蕃，苹果是四天前她花两个金币从奴仆赖义哈尼手里买来的。张尔蕃立即叫人把赖义哈尼带到面前，询问苹果的来历。

"我在街上从一个小孩儿手里抢来的这个苹果，后来卖给了小姐。主人，请饶恕我的贪婪吧！"赖义哈尼跪在地上哀求着。

张尔蕃十分气愤，把赖义哈尼带到哈里发面前。

哈里发吩咐侍从把一个苹果引出的这件事情记录下来，以警示后人。

"其实，白迪伦丁的故事比这件事要曲折离奇得多！"大臣张尔蕃不以为然地说道。

"那快讲给我听听！"张尔蕃的话勾起了哈里发的兴趣。

"如果你能饶恕赖义哈尼的无心之过，我就讲给你听！"张尔蕃说。

"如果故事精彩，我会考虑饶恕他的！"哈里发承诺道。

于是，张尔蕃讲起了努伦丁和白迪伦丁的故事。

古埃及有一位国王，正直公道，爱民如子。他的大臣精明强干，善于治理国家。

大臣去世后，国王非常悲伤，让大臣的大儿子尚谟士丁·哈桑和小儿子努伦丁·哈桑继承了大臣之职。兄弟俩同心协力，像父亲那样忠于国王，共同帮助国王管理朝政。每当国王出巡，兄弟俩总会有一个人陪伴在国王身边。

一天晚上，兄弟俩坐在灯下闲聊，畅想未来。

"我希望咱们俩同一天结婚，孩子也在同一天出生。你生男孩儿，我生女孩儿，等他们长大了，就让他们结婚。但是，你要准备像样的聘礼。"尚谟士丁说道。

"咱们是兄弟，你还向我要聘礼？"努伦丁很不高兴。

兄弟俩不欢而散，各自睡去了。

第二天一早，尚谟士丁陪国王出巡去了。努伦丁想，既然哥哥这样瞧不起他，还不如离开。打定主意后，努伦丁随便带了些食物和行李，骑着一匹打扮得华丽的骡子出发了。

努伦丁不知不觉来到了巴士拉，投宿在一家旅店。这时，巴士拉国王的大臣正坐在窗边向外张望，一眼就认出了努伦丁的骡子是御用的牲口。大臣起身到旅店看望骡子的主人努伦丁，并亲切地询问努伦丁的情况。

"先父是埃及的大臣，我要周游各国，增长学识。"努伦丁回答道。

大臣把努伦丁带回府里，待为上宾，并把唯一的女儿许配给了努伦丁。大臣希望努伦丁将来能继承他的大臣之位。

就这样，努伦丁在巴士拉开始了幸福的生活。

哥哥尚谟士丁陪埃及国王巡游回来后，没有找到努伦丁，询问仆人后才知道努伦丁在他出巡那天就离开了，说是出去玩儿两天，一走就没了音信。

尚谟士丁知道努伦丁是和他赌气才离家出走的，非常难过，后悔自己那天一时冲动，说了伤害弟弟的话。

尚谟士丁向国王报告了努伦丁离家出走的事儿，并派出人马四处寻找弟弟的下落，却没有找到一点儿关于弟弟的消息。

尚谟士丁失望极了，每天闷闷不乐，自责不已。

后来，尚谟士丁娶了一个商人的女儿为妻。妻子为尚谟士丁生了一个漂亮女儿赛玉黛·哈桑。巧合的是，赛玉黛出生那天，努伦丁的妻子生了一个漂亮的男孩儿白迪伦丁·哈桑。

因为白迪伦丁的出生，大臣非常高兴，预备了丰盛的筵席大宴宾客，并带努伦丁觐见了国王。

国王十分欣赏努伦丁的为人和才学，就听从了大臣的建议，委任努伦丁接替大臣的职位。

努伦丁当上大臣后，勤勤恳恳，任劳任怨，官位不断提升，俸禄不断增加。努伦丁还买来商船去往海外发展贸易。

他每天办完公事就早早回到家里，陪岳父喝茶聊天，逗弄白迪伦丁，一家人过着幸福快乐的生活。

遗憾的是，白迪伦丁刚满四岁的时候，大臣病倒了，离开了人世。

努伦丁除了处理国家事务外，其余的精力都用在了教育儿子白迪伦丁身上。白迪伦丁的学问与日俱增，渐渐长成了一个风度翩翩的美男子。

可是，努伦丁因为夜以继日的操劳国事和家事，终于累病了，那时白迪伦丁才刚满十五岁。

卧病在床的努伦丁想起远在埃及的哥哥尚谟士丁，禁不住伤心落泪。随着年纪的增长，他早已忘记了当初的不快，深深地思念起家乡和亲人来。

"孩子，你还有一位伯父在埃及当大臣。当年因为跟你伯父拌嘴，我一气之下离开家乡来到这里。现在，你取笔墨来，我要把这些年的经历记下来，留作将来你们相认的证据。"努伦丁把白迪伦丁叫到床前，说出了这些年一直隐瞒的事情。

努伦丁把他的经历以及白迪伦丁的出身、血统和家系记下来，盖上印后交给了白迪伦丁，并告诉他如有不测，就去

埃及投奔他的伯父。

白迪伦丁含泪接过父亲的遗嘱，把遗嘱用白布包起来后缝到了帽子里层。

"孩子，我还要嘱咐你五件事。第一，不要滥交朋友；第二，不要虐待别人；第三，不可信口开河；第四，不能酗酒；第五，生活必须节俭、朴实。"努伦丁忍着病痛，气喘吁吁地嘱咐完儿子，永远地闭上了眼睛。

父亲去世后，白迪伦丁伤心极了，一心在家守孝祭奠。两个月过去了，白迪伦丁始终闭门不出，也不肯进宫觐见国王。国王为此很生气，下令将他革职抄家，并要把他抓来治罪。新大臣奉命去逮捕白迪伦丁。

已故大臣努伦丁的侍从听到消息后，偷偷骑马跑到白迪伦丁的家，让他赶快逃命。白迪伦丁无奈地长叹一声，用衣襟遮着脸，踉踉跄跄地只身逃向城外。

白迪伦丁仓促地逃出了城门，茫然地一路向前走着，不知不觉竟来到了父亲的墓地。他百感交集，抱着父亲的墓碑痛哭起来。

"少爷，你怎么在这里？"这时，一个犹太商人走到他面前，问道。

"昨夜梦到父亲，所以今天赶来扫墓。"白迪伦丁赶紧擦干眼泪，小心地回答。

"听说你父亲的一只商船出海回来了，我愿意出一千个金币买下船上的货物。"犹太商人相信了白迪伦丁的话。

白迪伦丁爽快地答应了犹太商人的提议，拿着一千个金币，签下了合约。

送走了犹太商人，白迪伦丁想起了父亲在世时一家人的幸福生活，忍不住又哭了起来。天渐渐黑了，白迪伦丁哭累了，在父亲的墓前睡着了。

一个仙女路过墓地，看到白迪伦丁，被他的帅气惊呆了。仙女继续赶路，撞到了一个从埃及来的魔鬼。

魔鬼质问仙女为何魂不守舍。

"前面墓地里睡着一个美貌少年，你愿意和我一起去看看吗?"仙女回答道。

魔鬼好奇极了,就和仙女一起飞回了墓地。

"确实是个不错的青年,跟我在埃及看到的少女一样漂亮!可惜,那个少女正在忍受着巨大的折磨。"魔鬼看了白迪伦丁一眼,叹了口气说。

仙女对魔鬼的话充满好奇,要求魔鬼把关于少女的故事讲给她听。魔鬼答应了。

"埃及大臣尚谟士丁的女儿赛玉黛,二十来岁,长得倾城倾国。国王想娶她为妻,没想到尚谟士丁却一口回绝了,说他和弟弟有约在先。国王大发雷霆,一气之下把赛玉黛许给了一个驼背的马夫。可怜的赛玉黛是那么高贵迷人,却被国王许配给了一个丑陋愚笨的驼背马夫,真是太可惜了!"魔鬼感叹着。

仙女不满魔鬼的评价,认为眼前的青年才是世界上最最漂亮的人。魔鬼以神的名义起誓,少女比这个青年人漂亮。

"我们把这个青年带到你说的那个少女面前比一比,如果真如你所说，我们就让他们结为夫妻吧！"仙女建议。

魔鬼听从了仙女的话，扛起白迪伦丁，和仙女一起向埃及飞去。到了埃及，魔鬼把白迪伦丁放在大臣家门前，唤醒了他。

白迪伦丁醒来，发现自己置身于一个陌生的城市，不由得张皇失措。魔鬼打了白迪伦丁一拳，给安静下来的白迪伦丁换上了一身华丽的衣服，又递给他一支燃烧的蜡烛，要他跟着人群混进礼堂。

"记住我的话，你混进去后就大大方方地站在新郎的右边。有人从你面前经过，你就赏一把金币，不要舍不得，我的金币是用不尽的！"魔鬼说着递给白迪伦丁一个鼓鼓的钱袋。

白迪伦丁按照魔鬼的吩咐混进了礼堂。人们感动于白迪伦丁的大方施舍，更被他的相貌所吸引，纷纷围着他唱歌跳舞。新郎却孤单地坐在角落里。

婚礼结束，人们纷纷散去。白迪伦丁看着被带走的新娘，恋恋不舍地离开了礼堂。魔鬼在门口堵住了白迪伦丁，让他一会儿假扮新郎去告诉新娘，国王跟他们开了一个玩笑，那个新郎只是国王的马夫。

魔鬼示意白迪伦丁赶紧混进新房，他则跟着马夫进了厕所。

"你这么丑，怎么配和赛玉黛结婚？"魔鬼变成一头驴子质问马夫。

马夫吓得魂不附体，苦苦哀求魔鬼饶恕他，但还是被魔鬼关在厕所里。魔鬼和仙女守护着白迪伦丁和赛玉黛，让他们度过了一个美好的新婚之夜。

黎明前，魔鬼和仙女带着白迪伦丁飞到了大马士革。这时，天神发现了魔鬼，用一颗流星把魔鬼烧死了。仙女因为惊吓，把白迪伦丁放到城门口就消失了。

清晨，白迪伦丁自己也分不清是不是在梦里了，于是漫无目的地在街上流浪，最后走进一家饭店。

饭店老板特别同情白迪伦丁的遭遇，因自己无儿无女，

就把白迪伦丁收为义子，让他在饭店管账。

赛玉黛醒来没看到新郎，以为新郎去厕所了。

尚谟士丁一大早赶来看望女儿，见赛玉黛十分高兴，疑惑不已，就问女儿是否喜欢那个马夫。

"别提马夫了，我很爱我的丈夫！"赛玉黛娇羞地回答道。

"你怎么情愿做马夫的老婆呢?"尚谟士丁很生气。

"那个马夫是别人花钱雇来骗我的！"赛玉黛把婚礼的经过告诉了父亲，还拿来白迪伦丁留下的衣物。

尚谟士丁看到了白迪伦丁的衣物、同犹太人交易留下的钱和账单以及帽子里努伦丁的遗嘱。他知道了弟弟已经客死他乡，与女儿结婚的就是自己的侄子白迪伦丁，而白迪伦丁恰巧和女儿同一天出生，不禁悲喜交加。

尚谟士丁向国王报告了整件事情的经过后，回到府里等待侄子，可是一连七天也没见到侄子的踪影，失望极了。他命人把女儿新房的布置、陈设情况记录下来，把新房里所有的用品都收进箱子锁起来，发誓如果侄子不回来，坚决不打开箱子。

一年后，赛玉黛生下了儿子尔基补。漂亮的尔基补七岁时，被送进学校读书，因同学们嘲笑他是没有父亲的孩子，哭着跑回了家。

尚谟士丁知道后很伤心，决定带尔基补去寻找白迪伦丁。祖孙二人来到大马士革，尚谟士丁让仆人们补充一些食物再上路，并吩咐一个仆人带着尔基补见识一下大马士革。

也许是命运的安排，尔基补来到了白迪伦丁的饭店。此时，饭店的老板已经去世。

白迪伦丁端出可口的石榴汁款待尔基补，闲聊时了解到尔基补是出来寻父的，不禁想起了自己的经历，对这个少年更加怜惜了。

尔基补离开饭店朝广场走去，却发现白迪伦丁竟跟在身后，便从地上拾起石头砸向白迪伦丁。白迪伦丁被打晕了，醒来后觉得一定是尔基补误会他了，很伤心。白迪伦丁只好继续他的生意，思念他的亲人。

尔基补和尚谟士丁最后到了巴士拉，找到了努伦丁的夫人。努伦丁夫人见到孙子，欣喜若狂，决定和他们一起回埃及寻找儿子。

回埃及路过大马士革时，尔基补又来到白迪伦丁的店里，为之前的误会表示歉意。喝过石榴汁，尔基补辞别白迪伦丁回到旅馆。

尔基补接过努伦丁夫人递来的一碗石榴汁，尝了一口就吐了，说不如在饭店的石榴汁好喝。

努伦丁夫人很疑惑，只有儿子做的石榴汁比她的好喝，便命仆人去饭店买一碗。努伦丁夫人尝了买回的石榴汁后，确定这石榴汁是儿子做的。

尚谟士丁为找到白迪伦丁而高兴，吩咐仆人把白迪伦丁绑起来装进箱子带回了埃及。当年的新房按老样子被重新布置，昏睡的白迪伦丁被放到新房床上。

"如果白迪伦丁醒来，就问他怎么睡这么久。"尚谟士丁嘱咐女儿。

"白迪伦丁一觉醒来，看到眼前的一切，不禁惊呆了。尚谟士丁把事情的经过告诉了白迪伦丁，并带来努伦丁夫人和尔基补。一家人终于团聚了。"张尔蕃舒了口气，终于讲完了故事。

哈里发感动极了，叫人把这个故事详细记录下来，以便永久流传。哈里发又赦免了奴仆赖义哈尼的罪过，赏了青年和老人很多东西，让他们过上了富裕的生活。

鸟兽和木匠

从前，靠近海滨的一处密林中栖息着各种动物，有飞禽也有猛兽。孔雀夫妇担心受到猛兽的侵害，便把巢筑在树顶上。

随着时间的流逝，孔雀夫妇对猛兽的恐惧与日俱增，最后决定另找栖身之地。

它们飞过高山，飞过大海，最终在小岛上定居下来。孔雀夫妇饿了就采集野果充饥，渴了就喝泉水解渴，闲暇时就到海滩嬉戏，生活得快乐极了。

一天，孔雀夫妇正在树上休息，一位不速之客突然来到树下，原来是一只惊慌失措的野鸭。

野鸭告诉它们，外面的世界正在发生变化，动物们正面临人类的威胁。

"你既然来到我们这儿，就用不着害怕了。"雄孔雀安慰野鸭。

"对人类的恐惧已经害得我患了恐惧症，你们也应该小心提防。"惊魂未定的鸭子喘息半天，说道。

"从此你可以安心了，我们住在远离大陆的孤岛上，人类不可能到这儿来。"雌孔雀说。

野鸭平息了一下情绪，开始讲述它的经历。

原来，在岛上与世无争的野鸭，有一天梦见人类在大海中捕捉鲸鱼，在陆地上捕杀大象。一个声音提醒它提防人类，提高警惕。

野鸭担心自身会受到人类的迫害，提心吊胆地出去觅食，傍晚时在一个山洞前，它碰见了一头胖乎乎的正在玩耍的黄毛小狮子。

"前阶段我梦见了人类，父王很紧张，要我今后一定小心，别中了人类的诡计，你说有必要害怕吗？"小狮子摇头晃脑，一脸不屑地说。

野鸭说自己也梦见过可怕的人类，提议要与小狮子一起对抗人类。

在野鸭的竭力怂恿下，小狮子勇气倍增，一骨碌爬起来，把尾巴甩在脊背上大步飞奔。

野鸭也一扫连日来的萎靡不振，抖动着肥硕的身板气喘吁吁地跟在后面，去寻找危害动物的人类。

野鸭和小狮子在山里找了好多天也没有见到一个人，当初的勇气和激情慢慢地减弱了。

一天，它们来到一个三岔路口，正犯愁该走哪一条路时，只见远处尘土飞扬，一头小毛驴儿惊慌失措地跑来。

小毛驴儿说它是为了逃避人类的奴役才跑到这里的。

"蠢家伙，难道人类还会把你杀了不成？"小狮子满脸不屑地问小毛驴儿。

"人类不会轻易杀我，但是会无休止地迫害我们，他们骑着我们走路，让我们起早贪黑无休止地干活儿。"小毛驴儿说道。

"你不会反抗吗？"小狮子又问。

"他们用铁嚼卡住我们的嘴，用鞭子抽打我们，逼迫我们超负荷地干活儿。现在我的身上还鞭痕累累呢，想起来就浑身发抖。"小毛驴儿诉说着。

听了小毛驴儿的诉说，野鸭又恐惧起来，几天来积聚的勇气消失得无影无踪，结结巴巴地劝说小狮子要帮助小毛驴儿。

"带我们去寻找迫害你的人类吧，我帮你除掉他们。"小狮子拍着胸脯说道。

"我是黎明时趁人不注意跑出来的，我要不停地往前走，也许可以找到一处摆脱人类迫害的地方。"小毛驴儿说完落荒而逃，转眼间就无影无踪了。

就在小毛驴儿离开不久，一匹浑身乌黑的马来到野鸭和小狮子面前，说它是忍受不了人类的迫害才跑出来的。

"我不怕人类，决定除掉他们，以便让这可怜的鸭子和小毛驴儿回到它们的家乡安居乐业。"小狮子信心满满地说道。

"人类虽不是很高大，但是诡计多端。他们给我配上马鞍，勒紧肚带，紧踹马镫，让我疾驰。当我们年老力衰时就会把我们卖到磨坊，让我们整日围着石磨转……"马边说边流出了伤心的泪水。

小狮子听完马的遭遇，十分愤怒。

"我们一定要相信小狮子，只有它有能力帮我们摆脱人类的威胁。"野鸭拍了拍翅膀。

"我是趁人们午睡的时候跑出来的，估计他们发现我逃跑一定会来抓我的，我要是被他们抓回去就惨啦！"马接着说。

小狮子提议大家团结起来，一起去除掉伤害它们的人类。

马认为，它们几个不可能战胜人类，自己好不容易逃出来，不会再自投罗网。这时，远处尘烟滚滚，马吓得赶紧逃跑了。

马刚走，一头健壮无比的骆驼喘着粗气跑来了。

"大家伙，你为什么这么紧张啊？"小狮子围着骆驼转了一圈儿，好奇地问。

"逃避人的危害呗，人类让我驮着沉重的货物穿过沙漠，走过荒原，没日没夜地劳作。一旦年老力衰，就会把我卖给屠户杀掉……"骆驼含着眼泪诉说着。

小狮子有些不安，对自己产生了怀疑，但还是选择坚持。

"你是什么时间跑出来的？"小狮子仰着头问道。

"我是趁人类吃饭，挣脱缰绳跑出来的，估计此刻他们正在找我。我得赶紧离开，跑到一个荒无人烟的地方藏起来。"骆驼回答。

"别那么紧张，我会给你们报仇雪恨的。"小狮子信誓旦旦地说。

骆驼不相信小狮子，头也不回地走了。

野鸭和小狮子孤零零待在那儿，想去找人类算账，可又不知道人在哪里，只能漫无目的地游荡起来。

一天，它们在一处路口看见一个木匠牵着孩子走了过来。矮小瘦弱的木匠肩背一箱子工具，头顶几块木板，走起路来一瘸一拐。

"我们杀了他，为可怜的驴、马、骆驼报仇。"野鸭提议。

"你搞错了吧，他这样能伤害它们？"小狮子满不在乎地瞥了野鸭一眼。

木匠刚一见到小狮子时很紧张，但看它没有敌意，也就放松了。

"伟大的王子，有一个人正在追我，请你一定要帮我挡住他。"木匠说罢，蹲在地上痛哭流涕，同来的小孩儿也呜呜直哭。

野鸭见状，掉下了同情的眼泪。小狮子连忙答应木匠，会保护他和孩子。

"听说很多动物都寻求你的保护，人类恨得牙根直痒，好像明天早上就要来这里找你和你的父王算账。"木匠唾沫翻飞地絮叨着。

"可恶的人类，我一定要在天亮前等到他们，为那些可怜的动物报仇。"小狮子暴跳如雷，气得脸色乌黑。

过了一阵儿，小狮子的情绪稍微平静了，答应会把木匠和孩子安全送到要去的地方。

"我是要去见你父王的谋臣老豹子的。"木匠哆哆嗦嗦地站起来，眨着眼睛说道。

小狮子不解地看着木匠。

"听说人类要来这里，老豹子感到十分恐惧，要我给它建造一个小木屋，使它免受伤害。"小木匠拿着那几块木板说道。

听了木匠的话，小狮子嫉妒心油然而生，心里暗骂老豹子不讲义气，只顾自己。

"你先在这给我建造一个小木屋吧，之后你再去给它造，好吗?"小狮子问木匠。

"感谢你对我的保护，但我是一个守信的人，必须兑现我的承诺，我要先满足老豹子的要求，然后再回来为你服务。"木匠眨着眼睛笑嘻嘻地说。

"必须先给我建造屋子，否则我不会放你走。老豹子是我父王的一个奴才，你别不识抬举。"小狮子有点生气了，指着木匠的鼻子骂道。

说完，它把木匠肩上的工具箱拽下来，顺势把他推倒在地。

木匠摔了一跤，心中十分恼怒，但敢怒不敢言。

"该死的木匠，赶紧给我建造木屋。"小狮子威风凛凛。

"刚才是我糊涂，违背了你的意愿。我一定给你建造好木屋，让你舒舒服服地待在里面，免得受人迫害。"木匠喘着粗气爬了起来，对小狮子说。

　　木匠拿出工具忙活起来，不到半天的时间，便按着狮子的身体标准建造了一座小木屋。

　　小狮子见状欣喜万分，围着小木屋走来走去，十分高兴。

　　小木屋像个小箱子似的，敞着门，门边露着钉子头。

　　"王子，木屋做好了，你进去试试?"木匠笑着对小狮子说。

　　小狮子来到木屋前，感觉门有点窄，抱怨木匠太笨。

　　"你蹲下来，缩着四脚爬进去。"木匠说道。

　　按照小木匠说的，小狮子爬进小木屋里，只剩下尾巴留在外面。

　　"伟大的王子，里面感觉如何?"木匠诡秘地笑着问道。

　　"不是很舒服，太小了，你看我的尾巴还露在外面呢，要是敌人来了，还不把我的尾巴砍掉啊。"小狮子在里面嘟囔着要退出来。

　　"这可是量身定做的，你不要乱动，我看看怎么能把你的尾巴放进去。"木匠说着，抓起了小狮子的尾巴。

小狮子按着木匠的吩咐安静地躺在里面。

"现在进去了，感觉舒服吗?"木匠把小狮子的尾巴卷起来塞进木屋里。

"有点儿挤，赶紧把门合上呀，要是敌人来了这还了得，笨家伙。"小狮子埋怨木匠。

木匠迅速合上门板，把钉子敲进去，牢固地钉了起来。

"里面有点黑，还闷得慌，我不在里面待着了，一会儿赶紧给我建造一个大的，这个留给老豹子吧。"小狮子要出来。

"你用脚使劲儿踹，看看这门牢固不?"木匠说道。

小狮子踹了几下，门丝毫未动。

"很牢固，在里面真的很安全，这回我放心了，你一会儿再给我做一个大的。"小狮子在里面嘟囔着。

"我一时粗心，门没留扶手，门板还被钉死了，看来你是出不来了。"木匠哈哈大笑。

"蠢货、笨蛋，赶紧想办法让我出来，我要闷死了。"小狮子在里面大骂道。

"愚蠢的家伙，到现在你还自以为是。"木匠拍着木屋说。

"赶紧放我出来吧，我们一起去寻找迫害你的人类。"小狮子感觉气氛有些不对，赶紧用商量的口吻对木匠说。

"愚蠢的野兽，你要为自己的狂妄自大付出代价。"木匠一扫先前怯懦的形象，挺直腰板，得意地笑着说。

小狮子似乎明白了，低三下四地哀求木匠放了它。

"我就是你要找的人，你已经跌进了你所恐惧的罗网中了。你认命吧！"木匠拍着门板大笑着。

小狮子恍然大悟，原来这个木匠就是它父王日日夜夜所担心的人类，此刻懊悔、愤怒、咆哮都无济于事了。

木匠开心地绕着木屋走了几圈，考虑该怎么处置狮子。

野鸭在一旁吓得哆哆嗦嗦，趁机溜进了四周高高的野草丛里。

木匠想了半天，拿起工具在地上挖出一个大坑，坐在地上歇了一会儿，来到木屋旁。

"你不能伤害我，赶紧放我出去，否则我的父王不会放过你。可恶的人类，你会受到惩罚的。"小狮子在里面气急败坏地诅咒着木匠。

"别做春秋大梦了，你没有机会了，去死吧，可恶的家伙。"木匠用尽全身力气把装着小狮子的木屋推进了坑里。

"你会受到报应的，小鸭子你在哪里啊？快来救我！"小狮子在里面哀号着。

野鸭哪敢出来啊，只见木匠把一些枯枝烂叶和先前做木屋剩下的木料都扔进了坑里，随后又扔进了一支点燃的木棍。

听了野鸭的诉说，孔雀夫妇十分惊讶。

"我跑了两天才来到这里，现在想起来还浑身发抖。"野鸭拍拍翅膀，说道。

"这是孤岛，没有人来，也没有大型的猛兽。你已经到了安全的地方了，我们夫妻会保护你的。"雌孔雀拍了拍野鸭的肩膀。

惊魂未定的野鸭答应留下来，和孔雀夫妇一起生活在孤岛上。

随着时间的流逝，野鸭那颗惊吓过度的心也渐渐平静下来，脸上露出了久违的笑容，又恢复了往日的淘气样。

孔雀夫妇一直精心照料着野鸭，过着无忧无虑的生活。

一天，野鸭闲着没事，和树下歇凉的孔雀夫妇聊天，忽然看见前方扬起一阵灰尘。

"孔雀姐姐，你看远方是不是来人了？"野鸭放松多日的神经又紧绷起来，说完就逃到了水里。

孔雀夫妇也很紧张，赶紧飞到树上往远处看，原来是一只羚羊在向这边跑来。

"野鸭妹妹，赶紧上来吧，那是一只可爱的小羚羊。"雌孔雀飞下来，对着水里的野鸭说。

"这里水草丰富，很适合我居住，我可以留在这里吗？"

羚羊有礼貌地问候孔雀夫妇和野鸭。

"羚羊是吃草的动物，不会对别的动物产生伤害，可以和我们在一起生活。"孔雀夫妇看了看野鸭，回答道。

于是，羚羊留了下来，和孔雀夫妇、野鸭成了好朋友。它们相互信任、相互帮助，在岛上自由自在地生活。

远离大陆的舒适环境，小岛成为动物的天堂，鸭宝宝、羊乖乖相继出生。

随着时间的流逝，新的问题出现了。岛上鸟兽增多，出现了拥挤现象，水草也越来越少了。

孔雀夫妇开始担忧起来，怕这种情况引来大型猛兽，于是又开始了新的计划。

它们每天在大海上空飞翔，打算找个更安全的地方，带着野鸭和羚羊离开这个孤岛。

安全的地方还没有找到，危险却一步步袭来。

一天，一艘迷失方向的大船停靠在孤岛边，人们发现了成群的羚羊和野鸭，开始对它们进行围捕。

孔雀夫妇见状赶紧展翅高飞，羚羊也快速地飞奔。只有可怜的野鸭，由于这几年的安逸生活，变得肥胖臃肿，结果被抓到船上。

从惊恐中缓过神儿来的野鸭，一看抓它的正是当初那个杀死小狮子的木匠。

眼见人们驾着船离开了这个孤岛，孔雀夫妇回来了，告诉正在满世界找寻野鸭的羚羊，野鸭被人类捉走了。

"我们要去一个更安全、远离人类威胁的地方。"孔雀夫妇哭着说道。

羚羊劝孔雀夫妇留下一起生活，但见它们去意已决，只好无可奈何地挥手告别。望着远去的黑影，羚羊不禁流下伤心的泪水。

生金币的毛驴

一天，农夫亚罗叫他的儿子进城去卖牛。

"儿子呀，咱家的母牛非常好，所以要卖个好价钱，少于三个金币就不能卖。"亚罗叮嘱道。

"记住了。"亚罗的儿子牵着牛急急忙忙地往城里赶，顾不上看路上的风景，只想早一点儿到城里去。

城里非常热闹，大家都辛勤劳作，过着自食其力的生活。

但有三个人却整天聚在一起想些坏主意，还经常到城外去捉弄遇到的农夫。第一个人个子高高的，很瘦，说话的声音尖尖的；第二个人是个大胖子，说起话来像打雷；第三个人个子矮矮的，声音总是哑哑的。

亚罗的儿子牵着牛，走着走着就碰到了一个男人。

"小兄弟，这头小牛卖吗？"这个人很瘦，声音又尖又细。

"这可不是小牛，这可是一头很好的母牛，将来它能养育出很多的小牛。"孩子觉得这个人怪怪的。

"这明明就是一头小牛，如果你想卖掉它，我可以给你三十库罗斯。"这个人接着说道。

孩子拒绝了，拽紧牵牛的绳，把牛往前赶。

走了不远，他又碰见一个胖胖的男人。

"小牛不错呀。"这个人的声音非常大。

"当然，不过，它是一头母牛，不是小牛。"孩子很高兴地说。

"孩子，你还太小，分不清小牛和母牛，这就是一头小牛呀。"男人大声说。

孩子没有说话。

"你把小牛卖给我吧，我给你四十库罗斯，这可是最高的价钱了。"男人压低了声音。

"这是母牛，不是小牛。"孩子反驳道，然后继续把牛往前赶。

"你的爸爸是让你来卖掉这头小牛的。"男人跟在孩子身后说。

"是母牛。"孩子打断他。

"不管什么牛，你的爸爸都是让你来卖掉的，可不是让你再牵回去的哟。"男人继续说道。

"爸爸说，得给三个金币才可以牵走这头母牛。"孩子非常坚决。

"走着瞧，你会后悔的。"见孩子不再理他，男人吼道。

孩子把牛赶到了城门口，一个矮个子男人迎面走过来。

"把你那小牛卖给我吧。"这个人好像一直在等着孩子的到来。

"可这是母牛呀。"孩子反驳的有些犹豫了。

"不对，这只是一头小牛，不是什么母牛。小牛实在是不值多少钱，我给你四十五库罗斯吧，这是最高的价钱了，我保证没有人能出这个价钱。"这个人装模作样地叹了口气，哑着嗓子说。

"我碰见的人都说它是小牛，而不是母牛，难道是爸爸搞错了，也许他们是对的？"孩子迟疑起来。

"假如你不卖给我，你就没有机会了。"这个人趁机说道。

"爸爸说要三个金币才可以卖掉这头牛，为什么大家只给这么少的钱呢?"孩子犹豫起来。

"这真的是头小牛，你爸爸说它是头母牛，只是希望你能卖出个好价钱罢了。"见孩子犹豫不决，男人又说。

"好吧，把钱给我吧。"孩子相信了这个人的话，把牛卖给了他，拿着钱回家了。

三个人很快聚到了一起。

"这都是我的功劳，是我先拦住那孩子的。"瘦子抢着说。

"不对，我的功劳最大，是我说服了那孩子。"胖子并不服气。

"你们两个都有功劳，但是别忘了，这头母牛最后可是卖给了我呀。"矮个子接着说。

三个人大笑起来。

"那些乡下人太好骗了。"瘦子说。

"不对，是我们太聪明了。"胖子说。

"你们说的都不对，是我们三个合作的好。"矮个子说。

三个人在一起大吃大喝起来。

"我们发财了。"瘦子一边吃一边说。

"我们只用了四十五库罗斯就换来了这头母牛。"胖子很是得意。

"它至少值三个金币呢！"矮个子说。

"来，为我们的胜利干杯。"这三个人得意忘形地庆祝起来。

"以后我们三个好好合作，我会想出各种办法让那些老实的农夫上当受骗。"矮个子又说。

另外两个人听了连连点头。

"爸爸，你为什么说那是一头母牛呀？我碰见的人都说它是小牛，没有人认为它是母牛，但是我还是卖了个好价钱。"孩子回到家，把钱交给亚罗。

"你总是不听话，不是告诉你要卖到三个金币才可以的吗?"亚罗看着手里的钱，生气地说。

"可是大家都说这只是头小牛，而不是母牛。"孩子委屈地说。

"谁说的，快告诉我到底是谁欺骗了你。"亚罗生气地嚷道。

孩子把一路上发生的事情详细地告诉了他。

"又是那三个坏蛋。"亚罗知道这三个人经常欺骗和捉弄老实的乡下人。

"原来是这样，对不起，爸爸，我不小心上了他们的当。"亚罗的儿子恍然大悟。

"没关系，孩子，你要记住这次的教训，以后就会越来越聪明。"亚罗抚摸着儿子的头说。

"就这么让那三个人得逞了吗?"亚罗的儿子点点头，又接着问道。

"你别管了，这件事情我来处理。我一定要好好地教训一下这三个家伙。"亚罗回答说。

亚罗是个非常聪明的人，想了很久，想出了个好主意。

"我的孩子让三个坏蛋骗去了一头母牛，我需要三个金币来教训他们。"亚罗没有钱，只好向邻居借。

"我们都知道那三个坏蛋，你一定要想出个好办法，好好教训他们一顿，给我们大家都出口气。"邻居拿出三个金币，给了亚罗。

亚罗回到家里，拉出驴，把它洗得干干净净，毛也梳得顺顺溜溜，然后向城里赶去。

很快，亚罗看到瘦子正在路旁站着。亚罗赶紧把金币塞进驴屁股里，走到他面前。

"你要卖驴吗?"瘦子尖声问道。

"我才不卖，这可不是普通的驴。"亚罗回答说。

"它只是漂亮一点儿罢了，也没什么特别的。"瘦子说道。

"这头驴能生金币，可是无价之宝。"亚罗一边与瘦子闲聊，一边用棍子悄悄地碰碰驴。

驴不舒服，便把尾巴翘了起来，一个金币落了下来。亚罗弯腰拾起了金币，看也不看就揣到口袋里。

"兄弟，你把驴卖给我吧！"瘦子追了上来。

驴在阳光下闪着金色的光，看起来与普通的驴还真有一点儿不一样。

"它真的是无价之宝，你是凑不够钱来买它的。"亚罗抚摸着驴对瘦子说。

亚罗继续往前走，远远地就看见胖子正站在路边。亚罗摸摸驴的头，若无其事地走到胖子面前，又碰了碰驴的肋骨，驴尾巴一翘，另外一个金币从驴的尾巴上落下来了。

亚罗满不在乎地捡起金币，继续往前走，瘦子和胖子一直跟在他后边。

亚罗牵着驴继续走，走了不一会儿，看见了矮个子。

当走到矮个子面前时，瘦子和胖子也追了上来，亚罗拍了拍驴肚子，驴又翘起了尾巴，第三个金币正好落在大家的眼前。

亚罗还是满不在乎地捡起金币，放到衣服兜里。

"把你的驴卖给我们吧！"三个人同声叫道。

"你们可买不起这头驴。"亚罗牵着驴，继续往前走。

"我们一定要买你的驴，你要多少钱？"矮个子问。

"多少钱我都不卖。"亚罗的态度很坚决。

"好兄弟，把它卖给我们吧。"三个人苦苦哀求。

"这样吧，我把它租给你们，但是不能超过二十四小时。"亚罗叹了口气说。

"谢谢，谢谢。"三个人连声答谢。

"租金就收你们一万库罗斯吧。"亚罗假装想了想，然后说。

"我们给你八千库罗斯，就这样定了。"矮个子还了价，然后赶紧把钱交给了亚罗。

瘦子把驴带回家，不停地喂驴，接连喂了好几个钟头，然后就一动也不动地等着。每当驴翘起尾巴，他就赶紧凑上去，可每次驴都没有生出金币来。瘦子很着急，因为胖子很快就该来领驴了，可他连一个金币也没有得到呢。他恨不能钻到驴的肚子里去取出金币来。

很快，胖子到了。瘦子非常沮丧，什么话也没有说，就让胖子把驴带走了。

胖子把驴带回了家。他是个懒惰的人，知道驴已经被瘦子喂饱了，就专心等着，还准备了一个袋子放在驴尾巴下面。

"等驴生出的金币装满袋子，我就得赶紧收起来，不能让别人看见，就算我那两个兄弟也不行。"他想。

等了一会儿，他看到袋子好像已经装满了，赶紧把袋子拎回屋里去，打开一看——哪里有什么金币，全都是驴粪。就在胖子恶心不已的时候，矮个子领走了驴。

矮个子很有耐心，给驴喂了很多好吃的。

"一定要让驴吃得饱饱的，才能生出更多的金币。"他心想。

他不停地喂，驴不停地吃。不一会儿，驴果然翘起了尾巴。

"要生金币啦。"矮个子赶忙用手接，结果接到一团驴粪。

矮个子生气地抡起了棍子，去打驴。驴挣脱了缰绳，一溜烟跑得没了踪影。

很快，三个人就凑到了一起。

"亚罗骗了我们，把我们的钱骗走了。"他们三个终于明白自己是被亚罗戏弄了。

"我们得去要回我们的钱。"瘦子说道。

"对，这件事儿不能算完。"胖子附和道。

"我们马上就到他家去找他。"矮个子提议。

于是，三个人气冲冲地赶往亚罗家里。

亚罗早就知道他们不会善罢甘休，已经想出了下一步的计划。他先去买了两只活蹦乱跳的兔子。

"现在我要到田里去干活儿，我把一只兔子藏在屋子里，另一只我带走。待会儿三个人到了，你就叫他们到田里去。还有，你要做好二十盘好菜等着我们回来。"亚罗吩咐妻子。

"他们会把我们怎么样呢?"妻子还是有一些担心。

"不用担心，我有办法，我还要继续捉弄他们呢!"亚罗显得非常自信。

不久，三个人果然来了。

"亚罗去哪了？他骗了我们，我们要找他算账。"他们吵吵嚷嚷，一副不肯罢休的样子。

"他在田里干活儿呢。"亚罗的妻子镇静地说。

三个人气势汹汹地跑到田里，找到亚罗，恨不得把亚罗撕成碎片。

"你们的钱被我的妻子锁到了一个很安全的地方，等我把活儿干完，我们马上回家。我请你们好好吃一顿，然后再把钱还给你们。"亚罗对三个人说道。

"小兔子呀，你快回去告诉我的妻子准备酒菜，就做二十盘菜吧，我要请我的朋友大吃一顿，听见了吗?"亚罗对带来的兔子说道。

兔子似乎点了点头，于是亚罗放开了兔子。兔子撒腿就跑，一会儿就没影了，骗子们却以为兔子真的往亚罗家里跑了。

"现在我们回家吧，家里一定有好吃的在等着我们呢。我们好好吃一顿，等酒足饭饱以后，我就把钱还给你们。"

亚罗回头对那三个人说。

三个人很高兴，没想到亚罗这么痛快就答应还钱。

"真的吗？"三个人还是有些不信。

"真的。"亚罗故意说道。

一会儿，他们就到了亚罗家中，远远地就闻到了饭菜的香味儿，亚罗的妻子把早已准备好的二十盘小菜，一盘一盘地拿出来。此时，旁边的笼子里蹲着另一只兔子。

"他们家的兔子太了不起了。"三个骗子以为亚罗家的兔子真的能明白主人的意思，回来报信了呢。

三个贪婪的家伙，又是羡慕又是嫉妒。

"我们要是有一只这样的兔子就好了，可以让它给我们通风报信，以后作弄农夫就更方便了。"他们围着兔子悄声说。

"嘘……别让它听见，它听得懂。"瘦子压低了声音。

"真的吗？"胖子有些半信半疑。

"要不是兔子先回来报信，亚罗的妻子怎么会做出正好

二十盘菜来。"矮个子是真相信了。

"来，我们坐下来好好吃一顿，然后我就把钱还给你们。"亚罗招呼三个人。

"快把钥匙拿来，我要去给他们拿钱了!"吃过饭后，亚罗叫来妻子。

妻子假装听不见，亚罗就假装非常生气，假装扬起手来要打她。

"不要急，亚罗，看你这么为难，我们就不要钱了，你把兔子作价卖给我们吧，怎么样啊?"三个人按住假装生气的亚罗说道。

"那可不行，我可不想把兔子卖给你们。我好心好意地把驴子租给你们，你们认为是我骗你们。现在你们又要把我心爱的兔子买走，那绝对不行。"亚罗坚决地说。

听亚罗这么说，三个骗子很着急。

"这的确是一只非常聪明的兔子，肯定会给我们捞一大笔钱回来。"三个人不约而同地想。

"我们就用八千库罗斯买这只兔子。"矮个子做了决定，这正好是租驴子的价格。

他们怕亚罗不答应，赶紧带着兔子回家去了。刚一进城，他们就把兔子放了出来。

"小兔子，去告诉我们的妻子们给我们准备一顿大餐。"三个人认真地对兔子说。

这只兔子也一溜烟地跑开了。

等他们回到了各自的家，屋子里却静悄悄的，他们的妻子什么东西都没有给他们准备。

"你为什么不给我准备饭菜？"三个人分别问自己的妻子。

"你也没有告诉我准备饭菜呀。"三个人的妻子的回答都是一样的。

"我派了一只兔子回来告诉你的。"三个人都非常生气。

"没有，根本就没有什么兔子。"三个人的妻子委屈地辩解着。

　　三个人跑遍了全城，也没有找到兔子。他们想了很久才明白，这又是一场骗局，他们又上当了，亚罗又一次捉弄了他们。

　　"大家都说亚罗是个善良本分的人！""呸，全都是谎话！""亚罗是个大骗子！""我们必须要回我们的钱！""走着瞧，亚罗这次死定了。"三个人决定马上回去找亚罗算账。

　　亚罗也已经准备好对付他们了。

　　"一会儿，那三个骗子还会回来。"他边说边递给妻子一小袋鸡血。

　　"那可怎么办啊?"妻子有些发愁。

　　"你别发愁，按着我的法子去做就好了。你把这袋血挂在脖子上，用衣服遮好。他们一到这儿，我就吩咐你去拿钱，你要拒绝，我就假装生气，我会拔出刀假装杀你。你不要怕，我只是刺破血袋。等血流出来，你装死就可以了。"亚罗安慰着妻子。

"我们还是把钱还给他们吧。他们是无赖，我们惹不起的。"妻子还是有些担心。

"放心吧，我还有很多办法对付他们呢。"亚罗安慰妻子说。

"可是，我们只想过本分的日子，还是不要跟他们斗了吧。"亚罗的妻子伤心起来。

"我是聪明的亚罗，不是吗？我可不是个普通的乡下人。"亚罗笑着对妻子说。

"好吧，让我们一起来对付他们吧。"最后，妻子下定了决心。

不一会儿，那三个人就回来了。

"快，把钱拿来！"亚罗对妻子说。

妻子假装不理他。

"你没听见我说话吗？我让你把钱拿来！"亚罗又说了一遍。

"别跟我嚷嚷，我的钥匙不晓得放到哪里去了。"妻子不耐烦地说。

"马上把钥匙找来，要不然我就割断你的脖子。"亚罗假装威胁妻子。

"你才不敢呢。"妻子积极地配合着亚罗。

亚罗假装气得不得了，冲过来一把揪住妻子的头发。

"你疯了吗?"妻子喊道。

"快，把钱拿来!"亚罗按着妻子喊道。

这时候，三个骗子有些胆怯了。

"看样子，亚罗真是动气了!""亚罗不会杀了他的妻子吧?""说到底是我们先骗了亚罗。"三个人悄悄议论起来。

"他们骗了我们的儿子，我们的母牛被他们骗走了，我们的驴被他们租去了，我们为什么要给他们钱?"亚罗的妻子哭了起来。

"少废话，我们可是善良本分的人。"亚罗说道。

"善良本分的人就应该被人家骗吗?除非他们把母牛和驴都送回来，否则我不会给他们一个库罗斯。"妻子指着三

个人说。

"可是，我们给了你们八千库罗斯，这些钱足够把母牛和驴都买走了。"矮个子小心翼翼地说。

"我才不要你们的库罗斯，我就要母牛和驴。"妻子的态度非常坚决。

亚罗假装生气地挥起了刀，用力地割破了妻子藏在脖子边上的血袋，血立即流了出来，妻子闭上眼睛躺在那里，一动不动，周围一下子就静下来。

三个人吓坏了。他们原本只想骗点儿钱，没想到闹出了人命，他们只盼着快点离开。

"别跑，你们这些无赖。还我妻子的命来，我要割断你们的脖子！"亚罗在他们的后面大叫道。

三个人打开门，拼命地跑了出去。

"别跑，你们不要钱了吗？"亚罗大喊。

"不要了，不要了。"三个人再也不想到这个地方来了。

跑了很远很远，实在跑不动了，三个人才气喘吁吁地停下来。

"太可怕了，我再也不敢到这里来了。"瘦子惊魂未定地说。

"那钱呢，还能要回来吗?"胖子问道。

"你看他都疯了，连他的妻子都杀了。我们是斗不过亚罗的，还要什么钱啊。"矮个子回答说。

见三个人跑得不见了踪影，亚罗扶起妻子，替她擦干了血迹，里里外外都收拾得干干净净，然后两个人就一起到田里干活儿去了。

从那以后，三个骗子真的没有再来过这个地方。

"那三个人会不会再来找我们的麻烦?看样子他们很凶呢。"亚罗的妻子还在担心。

"我有办法对付这样的骗子，还真怕他们不来呢。"亚罗对妻子说。

不知道什么时候，亚罗的那头驴自己跑回了家，一切又恢复了平静。

亚罗和家人又过上了快快乐乐、无忧无虑的生活。

勇士那扎尔

那扎尔是一个农夫，相貌堂堂，身材魁梧，但又懒又笨，胆子还小，整天跟在姐姐的身后，没有一点儿主张。

村里的人都觉得他是个傻瓜。他却觉得自己很厉害，能做大事，就是没有机会而已。

"家里没有灯油了，你去买些灯油吧。"一天晚上，姐姐对他说。

"天太黑了，我不敢去。"那扎尔怯生生地说。

"你真是一个胆小鬼。"姐姐说完，拿上钱，走出屋子。

那扎尔不敢一个人在家，便跟着姐姐走了出去。

"今天晚上多黑呀，正是偷袭沙赫骆驼队的好机会呢！"那扎尔看着天，自言自语。

"沙赫骆驼队的人个个武功高强。你太自不量力，快别做梦了。"姐姐不屑一顾地说。

"就你瞧不起我。等我把家里堆满黄金和珠宝，你就知道我有多厉害了。"那扎尔不服气地反驳。

"你快去吧，你今天要是不去抢沙赫的骆驼队，就别回来了。"姐姐气得火冒三丈。

说完，她也不去买灯油了，直接跑进屋子，关上门。

"外面太黑了，你快让我进去吧。"那扎尔非常害怕，只好哀求姐姐。

姐姐非常生气，根本就不理他。

那扎尔哀求了半天，又困又累，在门口睡着了，就这样睡了一夜。

此时正值夏天，懒惰的那扎尔从来都不清理家里的牲畜圈，所以院子里充斥着一股难闻的味道，到处都落满了苍蝇和蚊虫。

天快亮了，苍蝇在他身旁不停地飞来飞去，甚至落在他的脸上，怎么赶也赶不走。他实在受不了了，就对着自己噼噼啪啪的一通乱打，死苍蝇落了一地。

"我真是太厉害了，居然打死了这么多苍蝇。让我数一数，看看一共打死了多少只。"那扎尔心满意足地低声嘟囔着。

他开始数起死苍蝇来，可是数了几遍都没数明白，反而越数越乱了。

"至少也有一千只了吧。我是个多么伟大的英雄啊，一下子就打死了上千的敌人。哼！我这么勇敢，就算离开家，也能生活得很好。"他在心里合计着，随后在垃圾堆里找出一把生锈的剑，骑上毛驴，去找村长。

村长是村子里唯一识字的人，村民们都很尊敬他。

"村长，我一下子就杀死了成千上万个敌人。请你把我的丰功伟绩写下来吧。"那扎尔对村长说道。

"你是怎么做到的，讲给我听听吧。"村长哈哈大笑，然后说道。

"昨天晚上，我趁天黑，抢劫了沙赫骆驼队。你看，我就是拿着这把剑，骑着毛驴打败了他们。他们可真笨，吓得抱头逃窜。我追了上去，把他们都杀了。可惜我没找到他们的财宝。"那扎尔说着谎话。

村长知道那扎尔是个胆小鬼，看着他吹牛的样子觉得很好笑，便想趁此机会教训一下他。

村长拿来一块破布，在上面写道：无畏的勇士那扎尔，一下子就歼灭了上千个敌人。

那扎尔接过破布，将它绑在一根长棍子上，然后一只手举着棍子，另一只手拿着锈剑，趾高气扬地骑上毛驴走了。

那扎尔漫无目的，走了很久，来到一片荒野。除了遍地的杂草，四周什么都没有。风一吹过，大片的野草此起彼伏，发出"哗哗"的声音。

他认为有军队隐藏在草堆里，害怕极了，对着毛驴高声嚷嚷，想给自己壮胆。毛驴也忍不住叫起来。

他们一路走一路喊，鸟儿吓得飞到空中，兔子吓得溜进树林，青蛙吓得跳进池塘，其他的动物也都吓坏了。

一只兔子被吓得慌不择路，一下子撞在毛驴的腿上。毛驴正被那扎尔叫得心烦意乱，便看也没看，一通乱踩。可怜的兔子就这样被踩死了。

那扎尔不费吹灰之力就捡了一只兔子，顿时得意起来，觉得自己是个伟大的英雄，于是叫得更欢了。

　　他边走边喊，进到一片茂密的大森林里。森林里的大树长得遮天蔽日。在那扎尔看来，每一棵树背后都有野兽在窥伺着他。

　　那扎尔更加大声地喊起来，毛驴的声音也跟着大了起来。他们的喊声回荡在森林里，惊得成群的鸟儿都飞了起来。

　　一个农夫骑马穿过森林，听见喊声，被吓了一跳，不知道是遇到了强盗，还是遇到了妖怪，赶紧跳下马背，钻进森林避难去了。

　　那扎尔碰见了鞍辔齐全的马。

　　"我可真是个大英雄，喊了几声，就有人送马给我。"他得意扬扬地想，然后骑上这匹马，继续前进。

　　天黑时，那扎尔走出森林，来到一个村庄。悠扬的音乐声传了过来，他顺着声音走去，看见许多人正聚在一起喝酒。

　　"你好啊，陌生人。你从哪里来？"一个年轻人看到他，便问道。

其他人随即邀请他也坐下来喝酒。

那扎尔又饿又渴，也顾不得说什么，将绑着破布的棍子插在地上，大吃大喝起来。

一桌子的人都没有见过那扎尔，谁都不知道他是干什么的，便都好奇地观察他。

一个人看见破布上的字，信口读出来：无畏的勇士那扎尔，一下子就歼灭了上千个敌人。

所有人都信以为真，以为那扎尔是一位伟大的勇士，顿时对他肃然起敬。

在这些人中，有一个人非常喜欢附和别人。

"呀，这不就是勇士那扎尔嘛。我刚才都没认出来，他看起来更厉害了。"这个人站起来，高声说道。

听他这么一说，其他人似乎也觉得见过勇士那扎尔。

"你看他用一把锈剑，就杀死了上千的敌人，真是太厉害了。"另一个人感慨道。

所有的人都用崇敬的眼神看着那扎尔，纷纷请求他讲述一下他的英雄事迹。

那扎尔吃饱喝足，来了精神，便把之前对村长说的故事又添油加醋地说了一遍，一边说，一边拿着剑比画。

村子里的人听说来了一个大英雄，都跑过来看热闹，把那扎尔里三层、外三层地围了起来，听他讲他的英雄事迹。听到精彩之处，人群中不时发出赞叹之声。

一伙儿强盗潜伏在村外，准备进村抢劫。首领先派了一个探子进村打探情况。探子看见全村的人都聚在一起，不知道发生了什么事儿，便悄悄问身边的人。

"你看，那不是英雄那扎尔嘛，他一个人就杀了上千个敌人，我们正听他讲战斗经过呢。"一个村民告诉探子。

探子一听，赶紧跑回首领身边。

"英雄那扎尔正在村子里呢，幸亏没贸然进攻。"探子上气不接下气地对首领说。

首领吓得直冒冷汗，命令强盗们撤退。其他强盗一听，赶紧头也不回地逃跑了。

其实，探子根本就没看清那扎尔长什么样，可却把所谓的英雄描述的凶猛异常，神乎其神。就这样，那扎尔的名字在强盗圈子里传开了。

从此以后，强盗们都不想碰到他，行动前一定先打听他的行踪，一定要避开他。那扎尔成了村子的守护者，只要他在，强盗们就不敢来。

那扎尔游荡在一个又一个村子之间，每到一处，就把那些从来没发生的英勇事迹重新说一遍。每说一次，他就更加确定自己就是那个歼灭了上千个敌人，吓退了强盗的英雄。

人们对他崇拜得不得了，给他送来了大量的食物和衣物。他的名气越来越大。

有人给他送来了一把锋利的剑，可他觉得锈剑就足够用了，便拒绝了。人们认为，这是他勇敢的表现，对他更加钦佩了。

一天，那扎尔来到一块碧绿的草地，草地像毛毯一样柔软。他翻身下马，把旗子插在地上，躺下睡着了。

一个城堡坐落在附近的高山上，里面住着巨人七兄弟和他们的妹妹雅尔。巨人们是魁梧高大的武士，都有着万夫不当之勇。误入他们地盘的人，都被抓来，成了奴隶。

雅尔并不是巨人，而且长得格外美丽。很多人都想娶她为妻，可是惧怕她的七个哥哥。美丽的姑娘天天盼着有一位

大英雄能征服哥哥们。

巨人们从城堡向下俯瞰，居然看见有人睡在草地上。

"谁这么大胆，竟然敢在我们的草地上睡觉?"一个巨人生气地说。

巨人们拿起巨大的狼牙棒，冲下了山，跑到那扎尔身边，先看到了"旗帜"上的字。

"竟然是勇士那扎尔来了，我们应该感到很荣幸啊。"一个巨人笑着说。

那扎尔被吵醒了，一睁眼看见身边站了七个巨人。巨人们个个高大威猛，手里拿着硕大的狼牙棒。他吓得浑身瘫软，连逃跑的力气都没有了，只能跪在地上，打算投降。

"无畏的勇士那扎尔，我们久仰你的大名，你肯屈尊光临我们的小城堡，是我们的荣幸。你要是不嫌弃，请到我们的城堡里去做客吧!"巨人们以为他准备进攻，连忙高声叫道。

那扎尔立即恢复了英雄的气势，翻身上马。一个巨人举着"旗帜"走在马旁，另一个巨人在前面开路，剩下的巨人们在后面压阵。一行人向城堡走去。

巨人们把他当作上宾，雅尔做了很多美食来款待他。他喝着醇香的酒，吃着喷香的肉，手舞足蹈地向巨人们讲述着他的英雄故事。

故事里的情景被他加工得越来越震撼。巨人们听了以后，更觉得那扎尔是个英雄，对他敬佩得五体投地。

美丽的姑娘对勇士那扎尔一见钟情，觉得他就是自己一直在等的英雄，发誓要嫁给他。

七个巨人都非常赞成这门婚事，便让妹妹给那扎尔做了新衣裳，还让妹妹跳起了舞。那扎尔看得眼睛都直了。

"我们想把妹妹嫁给你，不知道你愿意不愿意?"一个巨人试探着问道。

"当然愿意，我要马上结婚。"那扎尔惊喜万分，立即答应。

巨人们大摆宴席，为那扎尔和雅尔举行了隆重的婚礼。

宴席摆了七天七夜，从早上摆到晚上。许多尊贵的客人都前来祝贺，喝掉了上千桶的葡萄酒。

客人中有许多人都曾经想娶雅尔，他们怀着嫉妒又无奈的心情来参加婚礼。当听了那扎尔的英雄事迹后，他们都由衷地觉得，只有那扎尔才配得上美丽的雅尔，自己连大英雄那扎尔的十分之一都比不上。

新婚夫妇收了许多贺礼，珍宝堆满了房间。

"可惜姐姐没看见啊！"那扎尔暗自想道。

从此以后，他和美丽的雅尔在城堡里幸福地生活着。七个巨人保护着他们，一大群仆人侍候着他们。

附近村子的村长们争着来拜访那扎尔，请他去做客。只要是他到达的地方，就不会有人来骚扰。那扎尔觉得自己就像一位国王一样。

没过多久，城堡附近的村子里出现了一只巨大的猛虎。它咬死了好多匹马，吃掉了好多头牛。村民们组织了一队勇士去抓它，可好几个人反被它咬伤了。大家每天都提心吊胆的，可又束手无策。

"对了，我们可以请勇士那扎尔来帮忙。他一个人就能杀死上千个敌人，对付一只老虎就更不在话下了。"一个村民说道。

其他人一听，都觉得这个主意太好了。

村民们来请那扎尔去对付老虎。他刚听见"老虎"两个字，就已经吓得魂不附体。所有的一切都是他撒谎得来的，他哪有打虎的能耐呀！

"这可怎么办？如果去了，就是白白送死；如果不去，我以后还怎么当这个英雄啊！巨人们知道了真相，肯定得杀了我。"那扎尔怎么也想不出解决的办法。

雅尔见他急得团团转，还以为他在思考杀死老虎的对策。

"我得找个机会溜掉。财宝、称号和妻子都没有我的命重要啊，还是保命要紧。"那扎尔暗下决心。

第二天天还没亮，他就起来了，穿戴整齐，拿着锈剑，打算悄悄溜出城堡。巨人们和村民们都在大厅里昏昏沉沉地睡着。他小心翼翼地从他们身边走过，尽量不发出一丝声响。

雅尔心里惦记着丈夫，一直没有睡，看见他悄悄地向城堡大门走去，还以为他要一个人去抓老虎。

"我的大英雄，等一等，你至少再带几件武器啊。"雅尔着急地喊道。

其他人也都醒了过来。那扎尔只好无奈地停下来，任由那些人忙忙碌碌地把武器全部搬出来。雅尔给他披上盔甲，拿上长剑，配上盾牌。

英雄那扎尔全副武装地骑马出发了。

那扎尔没有目的地走着，盼望自己离老虎越远越好。走了一会儿，他来到一片森林，下了马，四下观察一下，最后决定爬上一棵树，在树上睡一会儿。

"能拖一阵是一阵吧。"他自言自语着。

他刚在树上坐稳，就听见马叫了起来。树丛一阵晃动，

马拼命挣脱缰绳跑了。一只老虎慢慢悠悠地走过来，在树下转了几圈，懒洋洋地趴下休息。

"糟了，老虎是不是闻见我的味道才过来的啊。这下我可跑不掉了。"那扎尔一见老虎，顿时双眼发黑。

他越想越害怕，身体不由自主地颤抖起来，手臂发软，手也抓不紧，脚下一滑，一下子从树上摔下来，偏巧正落在老虎的背上。

老虎一点儿防备都没有，被砸得晕头转向，一下子跳起来，拼命逃窜。那扎尔坐在老虎背上，已经不知道该怎么办了，只能紧紧抓住老虎脖子上的毛。

人们远远地看见那扎尔骑着老虎，还以为他正在驯服老虎，纷纷拿起武器，跑过来帮忙。

老虎跳上跳下，一路狂奔，已经非常累了，根本没有力气反抗，就这样被人们七手八脚地给结果了性命。

"你们怎么把它杀了啊，我刚把它驯服了，准备以后当坐骑呢。"那扎尔爬下虎背，看着死老虎，故作惋惜地说。

从此以后，打虎英雄那扎尔的名气更大了。

在高山的另一侧有一个王国，国王仰慕雅尔已久，派去求亲的人都被巨人们捉住做了奴隶，他早已怀恨在心。

听说雅尔嫁给了那扎尔，他气得火冒三丈，决定向巨人们宣战。

士兵们在国王的带领下，带着精良的武器，穿着闪亮的盔甲，如同潮水一般向城堡涌来。

人们赶紧找那扎尔商量解决的办法。那扎尔刚从"驯服"老虎的噩梦中醒来，一听见"战争"两个字，马上又要晕过去了。

"我得赶紧走，只要逃出城堡就安全了。"他主意已定，拔腿就跑。

大家以为他又想一个人赤手空拳去迎敌，立刻拦下他。他左躲右闪，推也推不开，万般无奈，只得任由旁人给他穿上盔甲，佩戴上武器。

勇士那扎尔单身迎敌的消息，迅速传播开了。全副武装的那扎尔在巨人们的陪伴下，骑着一匹身经百战的大黑马，走向战场。

那扎尔在马背上如坐针毡，不停地扭来扭去。大黑马被他弄得很不舒服，便咬紧马口铁，向着国王的营帐冲过去。

其他人见那扎尔不等后援就冲锋杀敌，顿时群情激昂，高呼着跟着他冲了过去。

一棵大树长在那扎尔的必经之路上，一根很粗的树干已经干枯，斜斜地伸出来。

那扎尔勒紧缰绳也收不住大黑马，便想抓住树干，好离开马背，没想到树干被他一把拽了下来。已经无计可施的那扎尔只能举着粗壮的树干，随着大黑马一起向前冲。

"快跑啊！勇士那扎尔向我们冲过来了，他把树都连根拔起来了！"国王的士兵都没有仔细看，就一边逃跑一边嚷。

前面的士兵纷纷转了方向向后逃跑，后面的士兵来不及躲闪，都被撞翻在地。有的士兵被同伴踩在脚下，有的士兵被同伴乱戳乱舞的刀枪扎了个正着，战场上乱作一团。

战争还没有开始，国王的千军万马就已经溃不成军。

这场战争很快就结束了。侥幸活着的士兵都放弃了抵抗，纷纷把武器放在那扎尔的脚前，向他投降了。国王逃之夭夭，不知踪影。

那扎尔被人们包围着，浩浩荡荡地来到国王的王宫，又被推举为国王。

勇士那扎尔就这样成了一位开开心心的国王。

青蛙王子

遥远的古代是个令人神往的时代，因为人们心中的美好愿望都能够变成现实。

那时有一位国王，他有好几位公主，每一个都非常美丽。其中最漂亮的要数小公主了，她美若天仙，人见人爱，就连灿烂的阳光，每次照在她脸上，都会惊叹她的美丽。

在国王和公主们居住的宫殿附近，有一片幽暗的大森林。森林里有棵老椴树，树下面有一个很深的水潭。天热的时候，小公主常到这片森林里玩，玩累了便坐在水潭边乘凉。

每当小公主坐在水潭边感到无聊的时候，她就会取出一只金球抛向空中，然后再双手接住。这成了她最喜爱的游戏。

可是有一天，当小公主伸手去接金球时，金球一下子掉到了水潭里。

看着金球一下子在水潭里没影儿了，小公主"哇"地哭起来，哭得伤心极了。这时，她突然听见有人大声问她为什

么哭泣。听见有人和她说话，小公主停止了哭泣。她四处张望，想弄清说话声是从哪里传来的。她找啊找，只发现一只非常丑陋的青蛙。

"原来是你呀，游泳健将。我的金球掉进水潭里了，所以很伤心。"虽然青蛙非常丑陋，但小公主还是很有礼貌。

"别难过啦，小公主，让我来帮您吧。但如果我帮您把金球捞出来，您该怎么回报我呢?"青蛙对小公主说。

"我的衣服、珠宝，甚至金冠，都可以给你，不知你想要什么?"小公主问。

"您的衣服、珠宝、金冠，我都不要。但如果您能答应喜欢我，和我做好朋友，一起玩游戏，在一张餐桌上吃饭，而且我可以用您的金碟吃东西，用您的高脚杯饮酒，晚上睡在您的床上……我就马上潜到水潭里，把金球给您捞出来。怎么样?"青蛙对小公主说。

"好的! 只要你能把金球捞出来，你刚才的要求我都答应。"小公主说。

　　小公主虽然嘴上这么说，心里却想着，真是癞蛤蟆想吃天鹅肉。你只配蹲在水潭里，和其他青蛙一起呱呱叫，怎么可能做人的好朋友呢。

　　青蛙信以为真，一头扎进水潭。过了一会儿，青蛙衔着金球浮出水面，把金球吐在小公主面前的草地上。看着失而复得的金球，小公主别提有多高兴了！她捡起金球，撒腿就跑。

　　"别跑，别跑，带上我呀！"青蛙着急了，大声叫道。

　　可是无论青蛙如何大声喊叫，小公主都不予理睬，径直跑回了宫殿，并且很快就把可怜的青蛙和她的诺言忘记了。青蛙只好失落地回到水潭里。

　　第二天，小公主跟国王们刚刚坐上餐桌准备用餐，就听到"啪啦啪啦"的声音。听声音大家觉得好像是什么东西顺着大理石台阶往上跳。

　　"小公主，快开门。"一会儿，门口传来敲门声和嚷嚷声。

小公主急忙跑到门口，开门一看，原来是那只青蛙蹲在门前。小公主猛地关上门，回到座位继续用餐，可心里却害怕极了。

"是什么把我的小公主吓成了这个样子啊？不会是门外有个巨人要把你抓走吧？"国王发现小公主一副心慌意乱的样子，半开玩笑地询问。

"不是巨人，是一只讨厌的青蛙。"小公主回答说。

"青蛙找你做什么？"国王更好奇了。

"亲爱的父王，是这样的，昨天我坐在水潭边上玩的时候，不小心把金球掉进了水潭里，青蛙帮我把金球捞了上来。作为回报，我答应了青蛙的请求——和他做朋友。可是我没想到，他会从水潭里爬出来，爬这么远的路到宫殿来。现在他就在门外呢，想要进来。"小公主回答说。

正在这时，又一阵敲门声传来，接着便是青蛙洪亮的歌声：

小公主啊我的爱，快点儿把门开。

爱你的人已到来，快点儿把门开。

你不会忘记在昨天，老椴树下的水潭边。

潭水深深球不见，是你亲口许诺言。

"你要信守承诺，快去开门让他进来。"国王对小公主说。

"把我抱到您的身旁呀！"小公主不情愿地打开门，青蛙蹦蹦跳跳地进来，跟着小公主来到座位前，大声叫道。

小公主吓得发抖，但国王却吩咐按青蛙说的办。

小公主把青蛙放在椅子上，可青蛙心里却不太高兴，因为它想到桌子上去。

"把您的金碟推过来一点儿好吗？这样我们就可以一块儿吃啦。"青蛙上了桌子又说。

很显然，小公主很不情愿，可还是把金碟推了过去。青蛙吃得津津有味，小公主却一点儿胃口都没有。

吃饱喝足后，青蛙对公主说："现在我有点儿累了，请把我抱到您的卧室去，让我在您的床上睡会儿吧！"

一听它要在自己床上睡觉，小公主哭了起来。

"帮你渡过难关的人，不论是谁，你都应该尊重他。"国王见小公主这个样子，生气地对她说。

小公主嫌弃地把青蛙拎起来上楼，放到卧室的一个角落，自己朝床走去。可是她刚刚躺在床上，青蛙就爬到床边对她说："我累了，我也想在床上睡觉。请把我抱上来，否则我就去告诉国王。"

一听这话，小公主再也忍不住了，一把抓起青蛙，狠狠地朝墙上摔去。

"现在想睡就去睡吧，你这个丑陋的讨厌鬼！"小公主愤愤地说。

神奇的一幕出现了！青蛙一落地就变成了一位英俊的王子。

"很久以前，我被一个巫婆施了魔法。只有您才能把我从水潭里解救出来。"王子告诉小公主。

遵照国王的旨意，王子和小公主成了亲密的朋友和伴侣。明天他们将一同返回王子的王国。

第二天，当太阳刚刚升起，一辆无比豪华的马车已停在门前。车后站着王子的仆人——忠心耿耿的亨利。一路上，欢声笑语不断，王子和小公主从此开始了幸福的生活。